ars vivendi
Krimi

KRIMI
SNACK

Friedrich Ani

Die böse Farbe

ars vivendi

Originalausgabe

Erste Auflage September 2013

www.arsvivendi.com

Lektorat: Andrea Kunstmann
Umschlaggestaltung: ars vivendi verlag
Druck: Appel & Klinger Druck und Medien GmbH,
Schneckenlohe

Printed in Germany

ISBN 978-3-86913-276-1

DIE BÖSE FARBE

1

Manchmal freute sich Kriminalhauptkommissar Max Gronsdorf die ganze Woche auf eine Semmel. Nicht auf irgendeine Semmel von irgendeinem Bäcker oder aus einem dieser Backshops, die heute überall aus dem Boden quollen wie Hefeteig im Ofen – er freute sich auf eine frische, saftige Leberkässemmel vom Metzger Prielmeyer am Weißenburger Platz im Münchner Stadtteil Haidhausen. Kommissar Gronsdorf wohnte in der Metzstraße, drei Minuten vom Weißenburger Platz entfernt.

Fast jeden Samstag verließ er gegen elf Uhr seine Wohnung im ersten Stock, begrüßte auf der Straße ein paar Leute, denn er lebte seit fast zwanzig Jahren im selben Viertel, und machte sich auf den Weg zu dem bepflanzten und von Lindenbäumen gesäumten Platz mit den Sitzbänken und dem turmartigen Steinbrunnen in der Mitte.

Im Winter wehte aus den Holzbuden des Weihnachtsmarktes der Duft von Glühwein und Bratwürsten über das Rondell, aus den Lautsprechern erklang Musik, und an den Stehtischen drängten sich die Besucher.

Heute aber, am 22. Oktober, roch es nur nach nasser Erde und feuchtem Laub. Die Bänke waren leer bis auf eine, auf der ein einsamer alter Mann saß, eingehüllt in einen grauen Mantel, mit grauen, zerzausten Haaren und einem grauen, müden Gesicht. Das war der Bartl. Mit richtigem Namen hieß er Bartolomäus Weber, was kaum jemand wusste. Angeblich war er früher ein fast berühmter Geiger gewesen. Irgendwann – so erzählten die älteren Haidhauser – hatte ihn das Glück verlassen und er landete auf der Straße. Sein letzter Freund war ein ebenfalls alter, magerer Rauhaardackel mit grauem Fell, der am liebsten auf Bartls Schoß schlief und auf den Namen Mozart hörte. An diesem Samstagvormittag hatten Bartl und Mozart mehr Glück als je zuvor in ihrem Leben.

In dem Moment, als Kommissar Gronsdorf mit seiner in eine Papierserviette eingewickelten Leberkässemmel die Metzgerei Prielmeyer verließ, krachte der erste Schuss. Ein Schaufenster zersplitterte in tausend Teile. Passanten schrien auf. Eine junge Mutter warf sich mit ihrem Kind auf den Boden, hielt es schützend vor ihren Körper und robbte, so schnell sie konnte, hinter einen Müllcontainer. Kurz darauf fielen zwei weitere Schüsse. Niemand begriff, was passierte.

Kommissar Gronsdorf hatte seine Semmel nicht etwa fallen lassen, sondern sie mit einer schnellen Bewegung in die Tasche seiner Wildlederjacke gesteckt und sich hinter ein parkendes Auto gekauert. Als er vorsichtig den Kopf hob und einen Blick über den Platz warf, traute er seinen Augen nicht: Im Gegensatz zu allen anderen Menschen, die in dieser Minute unterwegs waren, saß der alte Bartl anscheinend ungerührt auf seiner Bank. Der Kommissar sah ihn nur von hinten, aber der Alte wirkte wie jemand, der entspannt seine Mittagspause genoss, das Chaos und der Krach ringsum brachten ihn offenbar nicht im Geringsten aus der Ruhe.

»Bartl«, rief der Kommissar. Er kannte den ehemaligen Geiger flüchtig und wechselte gelegentlich ein Wort mit ihm. »Duck dich, Bartl. Hörst du mich nicht?«

Sekundenlang herrschte totale Stille.

Dann – und der Kommissar kniff die Augen zusammen, weil er nicht glauben konnte, was er sah – hob Bartl den rechten Arm, bewegte die Hand einmal nach rechts und einmal nach links und ließ den Arm wieder sinken, ohne seine sonstige Körperhaltung auch nur einen Zentimeter verändert zu haben. »Du sollst mir nicht winken, du sollst dich hinlegen«, schrie der Kommissar. Gleichzeitig wusste er, dass der Alte seine Aufforderung aus welchen Gründen auch immer ignorieren würde.

Ich muss endlich die Kollegen informieren, dachte der Kommissar und fingerte nach seinem Handy. Dabei rutschte ihm die eingewickelte Leberkässemmel aus der Tasche und landete im Rinnstein. Weil er zu beschäftigt war, vergaß er sie dort. Zuerst rief er seinen Kollegen Hanno Moosfeld im Morddezernat an, dann den Leiter des Spezialeinsatzkommandos. Als Moosfeld eine Frage zum genauen Tathergang stellte, fiel erneut ein Schuss.

Von seinem Platz hinter dem Auto sah Kommissar Gronsdorf eine rote Ledertasche durch die Luft fliegen und hörte den kurzen Aufschrei einer Frau. Sie war aus der zur Rosenheimer Straße führenden Fußgängerzone gekommen. Die Kugel hatte sie am Kopf getroffen. Die Frau riss die Arme in die Höhe, wirbelte zweimal um die eigene Achse – eine Sekunde lang sah es aus, als würde sie tanzen – und brach tot zusammen.

Wieso hat sie nichts mitgekriegt, dachte der Kommissar, wieso hat niemand sie aufgehalten?

Er durfte nicht länger tatenlos zusehen. Irgendwo musste das offene Fenster zu sehen sein, an dem der Heckenschütze stand. Dem Kommissar war klar, dass der Täter von oben auf den Platz schoss, aus dem dritten oder vierten Stock. Ohne den Kopf höher als nötig zu heben, ließ Gronsdorf seinen Blick schweifen, von einem Gebäude zum nächsten, von der Apotheke zum Optiker, weiter zum Nagelstudio, zu einem Lokal, einem Friseur, einem Schuhgeschäft für Kinder … Und da sah er ihn, links von den Marmorsäulen des Brunnens. Für den Bruchteil einer Sekunde tauchte hinter einem braunen Vorhang im fünften Stock das Gesicht eines bärtigen Mannes auf. In der Hand hielt er eine Pistole, deren Lauf kurz aufblinkte. Dann verschwand der Mann, und das Fenster wurde geschlossen.

Gronsdorfs Handy klingelte.

»Wir sind gleich da«, sagte Kriminalhauptkommissar Moosfeld. »Rühr dich nicht vom Fleck.«

Zu spät.

In gebückter Haltung rannte Max Gronsdorf hinter den am Straßenrand geparkten Autos entlang, überquerte die Weißenburger Straße, vorbei an der Bank und der Pizzeria, und hastete über die Metzstraße. Keuchend ließ er sich gegen die Hauswand im Eingangsbereich zwischen dem Friseur und dem Kinderschuhladen fallen und streckte die Hand aus. Das Tor zum Innenhof, wo sich die Eingänge befanden, war verschlossen. Er drückte auf zwei Klingeln gleichzeitig, mehrmals hintereinander.

Niemand öffnete.

Er rang nach Luft und hörte in der Ferne das Martinshorn eines Streifenwagens. Er klingelte noch einmal.

2

Endlich ertönte der Summer. Gronsdorf stieß das Tor auf und lief durch den Innenhof zur Eingangstür von Hausnummer 6, die ebenfalls geöffnet wurde.

Vor ihrer Wohnungstür im Erdgeschoss stand eine Frau in einem bunten Kleid, zitternd und bleich. »Das ist bestimmt der irre Toni ganz oben«, sagte sie mit heiserer Stimme. »Der hat eine Pistole, das weiß jeder im Haus. Wer sind Sie eigentlich?«

»Hauptkommissar Gronsdorf.«

»Freilich, ich kenn Sie ja, Sie wohnen gleich ums Eck. Ich bin die Billie.«

»Gehen Sie zurück in Ihre Wohnung. Wie heißt der Toni mit Familiennamen?«

»Sie dürfen da nicht raufgehen, das ist wahnsinnig gefährlich.«

Eine Minute später lauerte Gronsdorf neben einer Wohnungstür im fünften Stock. Auf dem

Namensschild stand »Frey«. Von drinnen drang klassische Musik ins Treppenhaus, Klaviermusik, sehr laut.

Dann eine Stimme: »Ich schieß durch die Tür, wenn Sie nicht weggehen. Ich lass mich nicht abholen.«

»Niemand will Sie abholen, Herr Frey«, rief der Kommissar.

»Was denn sonst?«, schrie der Mann, schlug mit der flachen Hand gegen die Tür, gab ein grunzendes Geräusch von sich. »Ich schieß jetzt direkt vom Balkon, auf jeden, der vors Haus kommt, capito?«

Gronsdorf hörte Schritte, die sich entfernten.

Er zögerte, holte Luft und tat etwas, von dem er nie geglaubt hätte, dass er es jemals tun würde, und das absolut irrsinnig war.

Mit der ganzen Kraft seiner fünfundachtzig Kilo trat er mit dem rechten Fuß gegen die Tür. Einmal, zweimal. Dann sprang das Schloss auf, und Gronsdorf stürzte in die Wohnung. Vom Balkon her hörte er einen Schuss. Aus dem Nebenzimmer donnerte Musik. Sein einziges Ziel war, den Mann zu überwältigen und zu verhindern, dass weitere Menschen zu Tode kamen.

Als Gronsdorf die Balkontür erreichte, fuhr der Mann herum und richtete die Waffe auf ihn.

Gronsdorf sah die Hand, die den Griff umklammerte. Er sah den stählernen Lauf, den er schon im offenen Fenster bemerkt hatte. Er sah, wie der bärtige Mann einen Schritt auf ihn zu machte, und dachte keine Sekunde daran, sich in Sicherheit zu bringen. Mit einem Hechtsprung stieß er den Mann mit voller Wucht gegen das Balkongeländer, riss ihn zu Boden, rammte ihm das Knie in den Bauch, schlug ihm mit der Handkante auf den rechten Arm. Die Waffe schlitterte über den Betonboden.

Mit geübten Handgriffen drehte Kommissar Gronsdorf den Mann auf den Bauch und bog seine Arme nach hinten. »Einen Mucks noch, und ich schlag Ihnen ins Genick.« Gronsdorf rang nach Luft. Seine Zeiten als Sportler waren lange vorbei. Normalerweise kam er im Dienst ohne Gewaltanwendung aus.

Er bohrte seine Knie in die Schulter des Mannes, der Frey hieß und vor wenigen Minuten mindestens einen Menschen erschossen hatte.

»Warum haben Sie das getan?« Gronsdorf sah zum Flur. Er hoffte, seine Kollegen würden endlich auftauchen.

»Ich hab nichts getan.« Die Stimme des Mannes war kaum zu verstehen. Mit verzerrtem Gesichtsausdruck versuchte er den Kopf zu heben, was ihm nicht gelang. Er hatte blutende Wunden auf den Wangen und am Hals.

»Sie haben versucht, wahllos Menschen zu töten.«

»Wahllos war das nicht ...« Er hustete. Speichel rann aus seinen Mundwinkeln. »Ihr wollt mich abknallen. Vendetta! Vendetta!«

»Was?« Der Kommissar hatte keine Ahnung, was der Mann meinte.

»Wer bist du?«, flüsterte Frey. »Warum tötest du mich nicht?«

»Ich bin Polizist, ich war zufällig in der Nähe.«

»Kein Zufall. Nein, du kommst mit Absicht, alle kommen mit Absicht.«

In diesem Moment drangen vier vermummte und bewaffnete Männer in die Wohnung. Sie gehörten zum Spezialeinsatzkommando, das Hauptkommissar Moosfeld alarmiert hatte. Sie erfassten die Situation sofort, ließen ihre Gewehre sinken und warteten, bis Gronsdorf aufgestanden und die Tatwaffe an sich genommen hatte. Dann packten zwei der Vermummten den bärtigen, blutenden und verwirrten Mann und zogen ihn ins Treppenhaus, wo sie ihn mit Handschellen fesselten und abführten.

Gronsdorf stand immer noch auf dem Balkon. Er zitterte. Ihm war kalt, und zugleich schwitzte er. Er atmete mit weit geöffnetem Mund. Jemand fragte ihn, ob er einen Arzt benötige. Er erwiderte etwas, wandte sich um und schaute hinunter auf den Platz. Polizisten riegelten die Zufahrtsstraßen ab, die Autos stauten sich, hinter den rotweißen Absperrbändern drängten sich Schaulustige. Der Platz rund um den Brunnen war menschenleer.

Erst jetzt wurde Gronsdorf bewusst, in welche Gefahr er sich begeben, was er eigentlich getan, wie unprofessionell er sich verhalten hatte. Er war losgelaufen, ohne an die Bedrohung für sein Leben zu denken, ohne Rücksprache mit den Kollegen und – wenn er ehrlich war – ohne Verstand.

»Hast du dein Hirn daheim vergessen?«, fragte jemand hinter ihm.

Mit einer schwerfälligen Bewegung drehte Gronsdorf sich um.

In der Tür zum Wohnzimmer stand sein Kollege Hanno Moosfeld, ein schlanker Mann mit Nickelbrille und Stoppelfrisur, der fast das ganze Jahr über eine schwarze Lederjacke anhatte, die aussah, als hätte sie schon sein Vater zeitlebens getragen. Moosfeld starrte seinen Kollegen wie einen Fremden an. Die Klaviermusik, die weiter aus dem Nebenraum schallte, schien beide Männer nicht zu stören.

»Ich fass noch mal zusammen, nur für die, die sich später zugeschaltet haben«, sagte Moosfeld. Seine Sticheleien waren im ganzen Dezernat bekannt und gefürchtet. »Du machst einen Samstagsspaziergang und gerätst in die Schusslinie eines Verrückten. Du rufst mich an, ich ruf das SEK und das Rote Kreuz an, dann ruf ich dich wieder an und sag, alles in Ordnung, wir sind gleich da. Und du? Du denkst: Hey, ich bin mindestens so gut wie Bruce Willis oder Johnny Depp, ich stürz mich mal ins Abenteuer. Bist du völlig irre geworden, Sponge-Bob-Blöd-Kopp? Der Kerl hätte dich genauso abknallen können wie die Frau. Ich steh da unten und seh, wie du auf einmal auf den Balkon gesegelt kommst wie Superman, ich hab geglaubt, ich hab einen Alptraum. Was ist los? Sprich mit mir.«

»Was ist mit dem Bartl?« Allmählich beruhigte Gronsdorf sich wieder, das Zittern seiner Hände ließ nach, seine Gedanken sausten nicht mehr in seinem Kopf herum wie die Kugeln beim Flippern.

»Wer ist der Bartl?« Moosfeld warf seinem Kollegen einen ziemlich bösen Blick zu.

»Das ist unser Nachbar.«

»Mein Nachbar heißt definitiv nicht Bartl«, sagte Moosfeld, griff nach der Pistole in Gronsdorfs Hand und nahm sie an sich.

Einige Minuten später bahnte Gronsdorf sich einen Weg durch die Menge der Schaulustigen. In einem Durchgang auf der anderen Seite des Platzes stand Bartl, die Arme vor der Brust verschränkt, reglos und stumm. Auf seinen Schuhen lag Mozart, der Rauhaardackel, ebenfalls reglos und stumm. Aus seinem Maul ragten eine Semmel und der Fetzen einer Serviette. In der Semmel steckte ein Stück Leberkäs.

»Das war meine Semmel«, sagte Gronsdorf, erleichtert, Hund und Herrchen unverletzt wiederzusehen. Der Hund hob den Kopf und kaute weiter. Bartl sagte: »Die haben uns einfach weggetragen, ich werd mich beim Oberbürgermeister beschweren und deinen Namen nennen, dann kannst du wieder Falschparker aufschreiben.«

3

Bevor die Kommissare Gronsdorf und Moosfeld die Wohnung des Täters durchsuchen konnten, um mögliche Motive für seine Tat zu entdecken, mussten sie an eine Tür klopfen, hinter der garantiert keine nette Überraschung auf sie wartete.

»Sind Sie von allen guten Geistern verlassen?«, sagte Kriminaloberrätin Dr. Clara Riemerling wütend, als die beiden Männer vor ihrem Schreibtisch Platz nahmen. »Was haben Sie sich dabei gedacht, Kollege Gronsdorf, unbewaffnet in die Wohnung eines hochgefährlichen Kriminellen einzudringen? Hatten Sie einen Blackout? Waren Sie noch betrunken von der Nacht zuvor? Sie müssen mit schweren Disziplinarmaßnahmen rechnen, ist Ihnen das klar? Hören Sie mir zu?«

»Ja.« Gronsdorf hatte immer noch keine Erklärung für sein Verhalten.

»Das ist alles, was Sie zu sagen haben: ja?«

»Nein«, sagte Gronsdorf.

Moosfeld beugte sich ein wenig vor, schob seine Nickelbrille auf die Stirn. »Mein Kollege wollte helfen. Der Täter war unberechenbar. Vermutlich hat Max mit seinem beherzten Eingreifen weitere Todesopfer verhindert.«

»Schon gut.« Die Kriminaloberrätin warf einen Blick in die Akte, die vor ihr auf dem Schreibtisch lag, blätterte darin, schüttelte den Kopf. »Sie sind nicht zum ersten Mal auffällig geworden«, sagte sie, an Gronsdorf gewandt. »Bei einer Geiselnahme vor zwei Jahren haben Sie ebenfalls auf eigene Faust versucht, den Täter zu überwältigen und dabei das Leben der Geisel riskiert.«

»Ich wusste, was ich tat«, sagte Gronsdorf. An den Einsatz in einem Supermarkt in Milbertshofen erinnerte er sich nur ungern, er hatte weniger das Leben der Geisel riskiert als vielmehr sein eigenes. Hinterher hatte er Tage gebraucht, um zu begreifen, dass tatsächlich er der Mann auf den Titelblättern der Zeitungen war, die ihn als Helden feierten. Er fühlte sich nicht als Held. Er war Polizist, der dafür bezahlt wurde, dass er Menschen beschützte, vor allem, wenn sie in Lebensgefahr waren.

»Sie wussten also, was Sie taten«, wiederholte seine Vorgesetzte. Es klang nicht nett. »Das beunruhigt mich sehr. Wissen Sie, warum? Wenn Sie wussten, was Sie taten, sind Sie für den Polizeidienst ungeeignet. So verhält sich nämlich kein Polizist, erst recht kein Kriminalhauptkommissar. Wir arbeiten im Team, wir sind auf das Team angewiesen, speziell in einer Extremsituation wie der auf dem Weißenburger Platz. Jede Einzelaktion gefährdet den Erfolg der ganzen Mannschaft.«

Sie holte Luft, schüttelte wieder den Kopf, warf den Kugelschreiber, mit dem sie die ganze Zeit bedrohlich herumgefuchtelt hatte, auf die Akte. »Sie sind für eine Woche beurlaubt, Kollege Gronsdorf. Spannen Sie aus, denken Sie über Ihr Verhalten nach und schreiben Sie bitte einen Bericht, mit dem ich mich nicht vor dem Innenminister blamiere. Möchten Sie noch etwas dazu sagen?«

Weil Gronsdorf zögerte, ergriff Moosfeld das Wort. »Über die Bewertung der Aktion vom Kollegen Gronsdorf sollten wir später entscheiden. Zurzeit sind wir knapp besetzt in unserer Abteilung, zwei Kollegen sind krank, eine Kollegin ist in Mutterschutz, wir brauchen jeden Mann. Kollege Gronsdorf und ich müssen uns um den Schützen kümmern, herausfinden, ob der Mann tatsächlich verrückt ist oder mit seiner Tat etwas vertuschen wollte, von dem wir bisher keine Ahnung haben. Ich brauch den Kollegen Gronsdorf vor Ort, Chefin.« Im Dezernat war Hanno Moosfeld der Einzige, der die Kriminaloberrätin Chefin nannte.

Eine halbe Minute verging, während die drei Personen den Kopf gesenkt hielten und jeden Blickkontakt vermieden.

»Wir treffen folgende Vereinbarung«, sagte Dr. Clara Riemerling schließlich und stand auf. Auch die Kommissare erhoben sich, wobei Gronsdorf bemüht war, sich den Schmerz seiner Prellungen nicht anmerken zu lassen. Sein eher schiefes Dastehen entging der Kriminaloberrätin dennoch nicht. »Sie bearbeiten gemeinsam den Fall, bringen ihn zum Abschluss, gehen der Presse aus dem Weg. Können Sie mir folgen, Kollege Gronsdorf? Keine Interviews, keine Einzelheiten Ihrer Heldentat gegenüber fremden Personen, ich meine Journalisten und Kollegen. Damit will ich Sie vor

Gerede schützen, ist das klar? Ich will nicht, dass andere sich hinter Ihrem Rücken lustig über Sie machen, nach dem Motto: Superman war wieder im Einsatz. Sind wir uns einig?«

»Ja«, sagten beide Männer gleichzeitig und verabschiedeten sich.

Im Hof des Polizeipräsidiums an der Ettstraße, wo die Dienstwagen standen, schlug Moosfeld seinen Kollegen auf den Hinterkopf. »Superman war wieder im Einsatz. Superschlagzeile, ich freu mich schon drauf.«

»Was hättest du an meiner Stelle getan?« Mehr und mehr gingen Gronsdorf die Bemerkungen seines Freundes auf die Nerven.

»Was ich gemacht hätt? Kann ich dir sagen: Ich hätt auf dich und die Kollegen gewartet. Das hätt jeder vernünftige Polizist getan.«

»Du fährst.« Gronsdorf setzte sich auf den Beifahrersitz des grauen Audi, mit dem sie seit Jahren an ihre Einsatzorte fuhren, und schwieg bis zum Weißenburger Platz. Moosfeld schaltete das Radio ein und hörte eine Weile den aktuellen lokalen Nachrichten zu. Sie handelten von nichts anderem als den Ereignissen in Haidhausen. Dann wechselte er zu einem Sender, den er die meiste Zeit hörte, wenn er unterwegs war. Bei klassischer Musik konnte Moosfeld sich am besten konzentrieren und gleichzeitig entspannen – eine ideale Voraussetzung, um sich auf die komplizierte Arbeit an einem Tatort einzustellen.

»Hast du mitgekriegt, was der Kerl für Musik gehört hat?«, sagte er zu Gronsdorf, der aus dem Fenster schaute und keine Antwort gab. »Schubert. Der ist der totale Schubert-Fan. Wenn ich mich nicht verschaut hab, besitzt er praktisch das Gesamtwerk. Kennst du Schubert?«

Schweigen vom Beifahrersitz.

»*Die schöne Müllerin*? Die *Winterreise*? Die Klavierstücke? Da sind Sachen dabei, die sind so schön, die bringen dich zum Weinen. Dich vielleicht nicht, du stehst mehr auf Queen und solche Leute. I'm a Killer Queen … Du –« Er verpasste seinem Kollegen einen Klaps auf die Schulter. Gronsdorf reagierte nicht. »Du Killer Queen. Du machst sie fertig, die Killer. Meine Königin, ich verneige mich vor dir, vor so viel Mut und Unerschrockenheit.« Er grinste, gab Gas und jagte den Wagen den Rosenheimer Berg hinauf.

Den Streifenbeamten, die rund um den Weißenburger Platz die Zufahrtswege kontrollierten, zeigte Moosfeld seinen Dienstausweis, und sie ließen ihn und Gronsdorf passieren. Überall suchten die Männer und Frauen der Spurensicherung in ihren weißen Schutzanzügen nach Patronenhülsen und anderen Spuren, die zur Aufklärung des unfassbaren Geschehens beitragen könnten.

Moosfeld parkte vor dem Kinderschuhladen. Er schaltete den Motor aus, sah seinen Kollegen an, bis dieser ihm den Kopf zuwandte. »Die Frau, die erschossen wurde …«

Gronsdorf sagte: »Ich war Zeuge.«

»Schon klar. Dann hast du auch gesehen, dass sie einfach immer weitergegangen ist, direkt auf den Platz zu.«

»Natürlich habe ich das gesehen.«

»Weißt du, warum sie nicht stehengeblieben ist?«

Gronsdorf wusste es nicht.

»Sie hatte Stöpsel im Ohr«, sagte Moosfeld. »Von ihrem iPod. Sie hat Musik gehört, und zwar ziemlich laut. Die Kollegen haben das Gerät in der Nähe ihrer Leiche gefunden, sie hat es beim Sturz verloren. Sie hat überhaupt nichts mitgekriegt, stell dir das vor. Während sie auf die Musik konzentriert war, wurde sie erschossen.«

4

An diesem Wochenende kamen die beiden Kommissare nicht zum Schlafen. Sie arbeiteten achtundvierzig Stunden durch, wie so oft am Anfang einer Mordermittlung. Kommissar Moosfeld trank literweise schwarzen Kaffee mit Zucker, Kommissar Gronsdorf literweise schwarzen Tee mit Milch. Was das Essen betraf, so teilten sie sich Sandwiches, trockene Brezen und alle möglichen Sorten von Kuchen – Erdbeerkuchen, Marmorkuchen, Nusskuchen, Mohnschnecken, Butterhörnchen oder extrem süße Marzipanschnitten. Im Lauf der Jahre ihrer Zusammenarbeit hatten sie Gewohnheiten entwickelt, die von manchen Kollegen belächelt, von ihnen selbst aber eisern beibehalten wurden.

Der Mann, der aus dem fünften Stock geschossen hatte, hieß Antonio Frey. Er war dreiundsechzig Jahre alt und gelernter Schuhmacher. Bevor er in Rente ging, hatte er in verschiedenen Kaufhäusern als sogenannter Schnellschuster gearbeitet, das bedeutete, er reparierte Schuhe innerhalb weniger Stunden oder Minuten. Aus den Unterlagen, die die Kommissare in den Schränken und Schubladen von Freys Wohnung fanden, ging weiter hervor, dass der Schuster in Franzensfeste geboren worden war, einem kleinen Ort in Südtirol. Er war also gebürtiger Italiener, lebte allerdings bereits seit mehr als fünfzig Jahren in München.

Aus der Telefonzentrale der Kripo erhielt Kommissar Gronsdorf die Nummer einer Familie Frey in Franzensfeste. Er rief an. Was er erfuhr, brachte die Ermittlungen jedoch kaum voran. Nach Aussagen von Freys Bruder Paolo hatte weder er noch der Rest der Familie mit dem nach Deutschland ausgewanderten Antonio Kontakt. Ende der fünfziger Jahre sei Antonio mit einem Onkel nach München gegangen, um dort sein Glück zu machen.

»Was für ein Glück meinen Sie?«, fragte Gronsdorf am Telefon.

»Arbeit, Geld zum Leben«, sagte Paolo Frey in gebrochenem Deutsch.

»Antonio war damals ungefähr zehn Jahre alt.«

»Er wollte weg vom Dorf, von der Familie, ein Einzelngeher ist er gewesen.«

»Ein Einzelgänger«, sagte Gronsdorf.

»Ja, Einzelgänger. Kein Kontakt zu niemand. Sein Onkel ist schon gestorben, Antonio ist geblieben, macht Schuhe, glaube ich.«

Dass Antonio Frey ein einzelgängerischer Mann war, wussten die Kommissare schon vor dem Telefonat nach Südtirol. Merkwürdig erschien ihnen trotzdem, dass sie in der Wohnung kein Adressbuch, keine alten Kalender mit Aufzeichnungen, keinerlei Notizen über andere Personen fanden. Und offensichtlich besaß Antonio Frey weder ein Handy noch einen Anrufbeantworter. Auf einem niedrigen runden Tisch im Flur stand nur ein schwarzes, klobiges Telefon mit einer alten Wählscheibe, das zwar noch funktionierte, aber ziemlich verstaubt war und aussah, als wäre es lange nicht mehr benutzt worden.

Von seinem Handy rief Kommissar Moosfeld im Dezernat an und bat die zuständige Dienststelle herauszufinden, mit wem Antonio Frey in jüngster Zeit telefoniert hatte. Anschließend wühlten er und Gronsdorf noch einmal in den Schränken und Schubladen, ständig in der Hoffnung auf einen Fund, der ihnen mehr über den geheimnisvollen Mann erzählte.

Nach der medizinischen Untersuchung im Klinikum rechts der Isar, das nicht weit entfernt vom Weißenburger Platz liegt, war Antonio Frey ins Untersuchungsgefängnis Stadelheim gebracht worden. Dort wollten ihn die Kommissare noch in dieser Nacht vernehmen.

»Wieso hat er die vielen alten Zeitungen nicht weggeworfen?« Gronsdorf blätterte die Stapel schon zum dritten Mal durch.

»Vielleicht war er zu faul dazu.«

»Keine Bücher«, sagte Gronsdorf. »Keine Illustrierten, nur Tageszeitungen. Kein Fernseher, kein Radio.«

»Dafür Schallplatten und CDs, dreiundzwanzig insgesamt, alle von Schubert. Was bedeutet das? Warum Schubert?«

»Darauf kann uns nur der Besitzer eine eindeutige Antwort geben.«

»Hoffen wir's.« Moosfeld streifte die Plastikhandschuhe ab, die sie beide trugen, um keine

Spuren zu hinterlassen. »Auf geht's zur Nachbarin.«

Billie, die eigentlich Sibylle Gärtner hieß, schien die Kommissare schon erwartet zu haben. »Haben Sie was entdeckt? Wissen Sie jetzt, warum der irre Toni so irre ist?«

»Wir wissen nicht, ob er wirklich krank ist«, sagte Gronsdorf.

»Was denn sonst? Möchten Sie einen Kaffee? Einen Streuselkuchen hätt ich auch, schmeckt wie selber gemacht.«

Gegen so ein Angebot waren die Kommissare machtlos.

»Haben Sie heute Nacht etwas bemerkt, Frau Gärtner?« Moosfeld verschlang den Kuchen auf seinem Teller, als habe er seit Tagen nichts gegessen. Dabei hatte er sich erst vor einer Stunde mit Gronsdorf einen Bienenstich geteilt.

»Bitte, ich bin die Billie, so nennt mich jeder im Viertel, stimmt's, Herr Gronsdorf?«

Er wusste es nicht und sagte: »Stimmt.«

»Genau. Ob ich was bemerkt hab? Musik. Wahnsinnig laute Musik durchs offene Fenster. Die Leute haben sich beschwert, das war dem da oben egal. Dann bin ich halt rauf, hab ungeniert geklingelt. Hat ewig gedauert, bis er aufgemacht hat. Sag ich zu ihm: Jetzt ist Ruhe im Karton. Er schaut mich an, aus roten Augen, rot wie Tomaten waren die, und sagt: Ist schon recht. Dann macht er die Tür zu, und fünf Minuten später ist Ruhe. Was ist los mit dem? Der spinnt. Ich wohn seit fünfzehn Jahren im Haus, er schon über zwanzig, und niemand kennt den so richtig. Am Hoffest nimmt der nie teil, als Einziger. Und dann ballert er aus dem Fenster und vom Balkon und bringt eine unschuldige Frau um. Wann wird die Wohnung eigentlich freigegeben? Ich hätt eine Nichte, die kommt bald zum Studieren nach München, die würd eine preiswerte Wohnung brauchen. Können Sie da was deichseln, Sie als Staatsbeamter, Herr Gronsdorf?«

Moosfelds Handy klingelte. Frau Gärtner ließ ihn nicht aus den Augen, während er aufstand, zur Tür ging und ins Telefon horchte. Er beendete das Gespräch und gab Gronsdorf ein Zeichen. Der Kommissar stand auf und folgte seinem Kollegen in den Flur. Frau Gärtner reckte den Hals.

»Die Kollegen haben die Anrufe von Frey gecheckt«, flüsterte Moosfeld. »Praktisch nichts, einmal das Finanzamt, einmal eine Wäscherei. Und dann noch eine Nummer: 4473918.« Moosfeld machte eine Pause. »Die gehört einer gewissen Anna Walther.«

Gronsdorf nickte, dann stutzte er und vergaß, seine Stimme zu senken. »Anna Walther?«, sagte er laut und vollkommen überrascht.

»Psst«, machte Moosfeld.

»Anna Walther?«, wiederholte Gronsdorf leise. Vor Fassungslosigkeit versagte ihm beinah die Stimme.

»Anna Walther, die Frau, die erschossen wurde«, sagte Moosfeld. »Frey und sie kannten sich offensichtlich.«

5

Was auf den ersten Blick wie die wahllose Schießerei eines unberechenbaren Mannes ausgesehen hatte, entpuppte sich nun als ein Zusammenwirken höchst verwirrender Umstände. Die Kommissare Gronsdorf und Moosfeld standen plötzlich vor einem Berg ungelöster Fragen.

Hatte Antonio Frey womöglich absichtlich auf die 43-jährige Anna Walther geschossen? Wusste er, dass sie auf dem Weg zu ihm war? Wenn es ein gezielter Mordanschlag war, warum riskierte Frey dann das Leben unzähliger anderer Menschen? Jemand, der aus einem Fenster und vom Balkon im fünften Stock schoss, musste davon ausgehen, dass er erwischt wurde, und zwar innerhalb kürzester Zeit. Wollte Frey erwischt werden? Und was war sein Motiv? War er geistig so verwirrt, dass er nicht begriff, was er tat? War der 63-jährige ehemalige

Schuster ein Fall für die Psychiatrie? Welche Rolle spielte die Musik von Schubert bei der ganzen Aktion? Bestand eine Verbindung zwischen den Schubert-Liedern, Antonio Frey und Anna Walther? Handelte es sich womöglich um ein Liebesdrama?

Soweit die Kommissare den Unterlagen entnehmen konnten, war Frey nicht verheiratet.

»Wissen Sie, ob Antonio Frey eine Freundin hatte?«, fragte Gronsdorf Sibylle Gärtner, die Nachbarin aus dem Erdgeschoss.

»Sie sind ja lustig.«

»Ich bin nicht lustig«, sagte Gronsdorf.

»So hab ich das nicht gemeint.«

»Was haben Sie nicht so gemeint?« Bei Zeugen oder Verdächtigen, die keine klaren Antworten auf einfache Fragen gaben, verlor Hauptkommissar Gronsdorf augenblicklich die Geduld und seinen Humor.

»Bitte?« Verwirrt blickte Frau Gärtner die beiden Männer an, einen nach dem anderen.

»Mein Kollege und ich«, sagte Hanno Moosfeld, der die Ungeduld Gronsdorfs gut kannte, »wir hätten gern eine eindeutige Antwort auf die Frage, ob Antonio Frey eine Beziehung hatte.«

»Das weiß ich nicht.«

»Das wissen Sie nicht.«

»Weiß ich nicht.«

Gewöhnlich lief Kommissar Gronsdorf bei der Vernehmung von Zeugen, die meinten, beleidigt reagieren zu müssen, zur Hochform auf. Diesmal aber glaubte er nicht, dass Sibylle Gärtner noch wesentliche Aussagen zu bieten hatte. Die beiden Fahnder verabschiedeten sich. Sie durften keine Zeit verlieren. Die ersten Stunden nach einem Mord zählten bei der Ermittlung zu den wichtigsten überhaupt, die Spuren waren noch frisch, die Leute erinnerten sich noch an Einzelheiten, der Täter befand sich in einem Zustand äußerster Angespanntheit, der ihn manchmal zu Fehlern und durchschaubaren Lügen verleitete.

Als die Kommissare im Untersuchungsgefängnis Stadelheim im Münchner Stadtteil Giesing eintrafen, wurden sie bereits vom Vollzugsbeamten Losbauer erwartet. Aus Sicherheitsgründen gaben sie an der Pforte ihre Dienstwaffen ab. Im Gegensatz zu anderen Besuchern durften sie ihre Handys und Schlüssel behalten.

Auf dem Weg zum Vernehmungsraum schloss der Vollzugsbeamte mehrere Gitter auf und hinter sich wieder zu. In Stadelheim waren zurzeit mehr als tausend Gefangene inhaftiert, die Hälfte von ihnen stammte nicht aus Deutschland. Die meisten von ihnen warteten auf ihren Prozess, und nur wenige waren bereits verurteilte Straftäter, die nur deswegen in Stadelheim einsaßen, weil die übrigen bayerischen Gefängnisse überfüllt waren.

»Der Frey verhält sich bisher ruhig«, sagte Losbauer, der eine braune Hose und einen grünen Pullover trug und beim Gehen mit seinem Schlüsselbund klimperte. »Üble Sache, was er angestellt hat.«

»Hat er mit jemandem telefoniert?«, fragte Moosfeld.

»Nein.«

»Will er, dass jemand ihn besucht?«

Losbauer öffnete die Tür zum Besprechungsraum. »Keine Wünsche geäußert«, sagte er. »Keine Unterhaltung mit dem Zellennachbarn.«

In dem Raum standen ein viereckiger Tisch und zwei Stühle, auf einem saß ein Mann in einem Blaumann, den Kommissar Gronsdorf im ersten

Moment nicht wiedererkannte: Antonio Frey. Ein junger Vollzugsbeamter, genauso grün und braun gekleidet wie Losbauer, bewachte den neuen Häftling.

»Wir übernehmen dann«, sagte Gronsdorf.

Nachdem die Vollzugsbeamten den Raum verlassen hatten, setzte Gronsdorf sich Frey gegenüber an den Tisch. Moosfeld lehnte an der Wand, die Hände hinter dem Rücken verschränkt.

Frey hielt seine Hände im Schoß gefaltet, sein Oberkörper schwankte leicht vor und zurück. Sein von Schürfwunden und Prellungen gezeichnetes Gesicht hatte eine gelbliche Farbe. Sein Bart sah ausgefranst und fusselig aus. Manchmal zuckten seine Mundwinkel. Seine Augen waren blutunterlaufen.

Er wartete, dass jemand etwas sagte, aber die Kommissare sahen ihn nur an, mit verschlossener Miene, schweigend. Vom Flur waren gedämpfte Schritte und Stimmen zu hören.

»Warum sagen Sie nichts?« Frey hatte einen trockenen Mund, seine Stimme klang belegt.

»Sie mögen Schubert«, sagte Gronsdorf.

Frey hörte auf, mit dem Oberkörper zu wippen,

und schaute den Kommissar irritiert an. Dann nickte er und zog die Stirn in Falten. Schließlich ertrug er die Stille nicht länger. »Was wollen Sie von mir?«, rief er. »Wenn Sie mich erschießen wollen, dann los.«

»Sie haben Anna Walther erschossen«, sagte Gronsdorf.

»Kenn ich nicht.«

»Sie haben sie vor einem Monat angerufen.«

»Ich hab sie nicht erschossen.«

Kommissar Moosfeld machte sich von der Wand los, griff in die Innentasche seiner Jacke, holte zwei Fotos hervor und legte sie vor Frey auf den Tisch. »Das ist Anna Walther, nachdem Sie sie erschossen haben.«

Frey starrte die Tatortfotos an, das verunstaltete Gesicht der Frau. Er riss die Augen auf und fing an zu weinen. Fünf Minuten lang weinte er stumm vor sich hin. Wie Regentropfen kullerten die Tränen über sein bleiches Gesicht.

6

So übergangslos er begonnen hatte zu weinen, so abrupt hörte Antonio Frey nach fünf Minuten damit auf. Mit einer hastigen Armbewegung wischte er sich über die Augen. Er blinzelte ein paar Mal heftig, legte die Hände in den Schoß, faltete sie, seufzte und blieb reglos sitzen.

»Sie haben soeben zugegeben, Anna Walther erschossen zu haben«, sagte Hauptkommissar Gronsdorf. »Ist Ihnen das bewusst?«

Frey zeigte keine Reaktion. Er schaute keinen der Kommissare direkt an, nur auf die Tischplatte oder zur Wand.

»Sie haben zugegeben, Anna Walther zu kennen.« Gronsdorf machte eine Pause, warf seinem Kollegen, der wieder einen Schritt vom Tisch zurückgetreten war, einen Blick zu und deutete auf die Fotos. »Der Tod dieser Frau hat Sie erschüttert. Hatten Sie eine enge Beziehung zu ihr?«

Mit müder Stimme sagte Frey: »Ich geb keine Auskunft mehr. Ich sag nie wieder etwas, bringen Sie mich in die Zelle zurück.«

Gronsdorf hob die Hand vor sein Gesicht, wartete, bis Frey in seine Richtung schaute, und nahm die Hand wieder herunter. So hatte Frey keine andere Wahl, als den Blick des Kommissars zu erwidern. »Als ich Sie auf dem Balkon überwältigt habe, sagten Sie ›Vendetta‹. Das heißt doch Rache, oder? Warum?«

Frey senkte den Kopf.

Nach einer Weile stand Gronsdorf auf. »Morgen führen wir eine offizielle Vernehmung durch. Als Verdächtiger haben Sie das Recht, einen Anwalt hinzuzuziehen, Beweiserhebungen zu Ihrer Entlastung zu beantragen oder die Aussage zu verweigern. Haben Sie die Belehrung verstanden, Herr Frey?«

Nach einer Weile nickte der Häftling.

Bevor die Kommissare sich zum Gehen wandten, fragte Hanno Moosfeld: »Woher haben Sie eigentlich die alte Pistole, mit der Sie um sich geschossen haben?«

Fast eine Minute verging. Dann hob Frey den Kopf, sah den Kommissaren aber nicht in die

Augen. »Erbstück von meinem Onkel. Beretta, neun Millimeter.«

»Hergestellt in Italien«, sagte Moosfeld.

»Kann sein.« Danach sagte Antonio Frey kein Wort mehr.

Die Kommissare verließen das Gefängnis, das von vielen Häftlingen seit jeher St. Adelheim genannt wurde. Draußen auf dem Gehweg atmete Gronsdorf erst einmal tief durch. »Die Enge macht mich fertig«, sagte er und sog die kühle Abendluft durch den weit geöffneten Mund. Moosfeld hörte ihm nicht zu, er war schon auf dem Weg zum Auto. Er wollte so schnell wie möglich ins Büro zurückkehren und die neuen Erkenntnisse sortieren und auswerten.

»Jetzt haben wir praktisch ein Geständnis und können nichts damit anfangen«, sagte Moosfeld, während er mit dem Audi quer durch Giesing raste, den Nockherberg hinunter und in Richtung Innenstadt, ohne Blaulicht und Martinshorn. »Er kennt die Frau. Er schießt auf sie, du hast es mit eigenen Augen gesehen, er tötet sie. Und weiter?«

»Ist der Mann in einem Schützenverein?« Kommissar Gronsdorf versuchte, seine Gedanken zu ordnen. »Kein ungeübter Schütze kann vom fünften Stock aus jemanden auf der Straße gezielt erschießen.«

»Er hat es aber getan«, sagte Moosfeld.

»Warum hat er geweint?«

»Schuldgefühle.«

Gronsdorf hielt sich am Türgriff fest, weil sein Kollege brutal nach rechts abbog. Der Motor heulte auf und die Reifen quietschten. »Ist die Bremse kaputt?«, brummte Gronsdorf, wahrscheinlich zum tausendsten Mal, seit er mit Moosfeld zusammenarbeitete.

Kurz darauf betrachteten sie in ihrem Büro die Gegenstände aus der roten Handtasche des Opfers. Anna Walther hatte ein schwarzes Notizbuch bei sich gehabt, einen Schlüsselbund, ihren Personalausweis, einen Ausweis der Stadtbibliothek am Gasteig, einen Lippenstift und ein paar andere Kosmetikartikel. Moosfeld blätterte das Notizbuch durch. »Der Name Antonio Frey taucht nicht auf«, sagte er, obwohl sein Kollege gerade telefonierte und sich Notizen machte. »Dafür die Nummern vom Kreisverwaltungsreferat, von der Ausländerbehörde, von der Verwaltung des Ostfriedhofs, vom Bestattungsunternehmen Gruber …«

Gronsdorf legte auf. »Anna Walther war unverheiratet, wohnte in der Plinganserstraße, am Harras, keine Eintragungen im Strafregister. Sie arbeitete als Bibliothekarin am Gasteig, aber sie hatte heute frei. Was also wollte sie in Haidhausen?«

Moosfeld hatte begonnen, ein Gedächtnisprotokoll von Freys Vernehmung in seinen Computer zu tippen. »Sie war auf dem Weg zu Frey.«

»Warum?«

»Sie wollte sich an ihm rächen. Erinnere dich an seinen Ausspruch: Vendetta!«

»Wir müssen noch einmal mit seiner Familie in Franzensfeste sprechen und eventuell hinfahren.«

Doch das erneute Gespräch mit Antonio Freys Bruder hätte Gronsdorf sich sparen können. Die drei Sätze, die Paolo sagte, lauteten: »Nicht mehr anrufen, bitte. Antonio ist für uns gestorben, schon lange. Anna Walther nie gehört.«

»Rache«, murmelte Gronsdorf vor sich hin. »Rache … Die Bibliothekarin hatte keine Waffe bei sich, womit hätte sie sich rächen sollen …?«

Das Telefon klingelte. Inzwischen war es kurz vor elf Uhr nachts an diesem Samstag im Oktober.

»Ja«, sagte Moosfeld in den Hörer. Dreißig Sekunden später legte er wieder auf, speicherte das Protokoll, das er zur Hälfte geschrieben hatte, und schaltete den Computer aus. »Auf einem Parkplatz nahe der Autobahnraststätte Höhenrain wurde die Leiche eines Mannes gefunden, erdrosselt. Die Kollegen haben schon ein wenig recherchiert. Das Opfer ist ein Arzt, Dr. Jakob Baumann, Orthopäde, verheiratet mit Maria Baumann.«

Er stand auf und zog seine Lederjacke an. Dann steckte er ein Diktiergerät und einen Schreibblock ein, ging um den Schreibtisch herum und legte die Hand auf die Schulter seines Kollegen. »Frau Baumann kam gerade von einer Reise zurück. Aus Venedig.«

»Schon wieder Italien?«, sagte Gronsdorf verblüfft.

»Schon wieder Italien«, sagte Moosfeld. »Merkwürdiger Zufall.«

7

Der Mann war mit einer grünen Kordel erdrosselt worden und definitiv nicht, wie sowohl die Spurensucher als auch der Gerichtsmediziner bestätigten, auf dem unbeleuchteten Parkplatz in der Nähe der Autobahnraststätte an der A95. Einer oder mehrere Täter hatten die Leiche des 46-jährigen Arztes hinter Büschen abgelegt und notdürftig unter einer schwarzen Plane versteckt. Ob auf der Plane verwertbare Blut- oder DNA-Spuren zurückgeblieben waren, würden die Kommissare spätestens am nächsten Morgen erfahren. Nachdem Gronsdorf und Moosfeld den Betreiber der Tankstelle und mehrere Autofahrer befragt hatten, die vor der Raststätte parkten und Kaffee tranken, kehrten sie in die Stadt zurück.

Im grellen Licht eines Halogenscheinwerfers setzten derweil die Spurensucher ihre Arbeit fort, Zentimeter für Zentimeter auf dem Asphalt, im Gras und im Gesträuch.

Wieder einmal raste Hanno Moosfeld mit dem Dienstwagen durch die Stadt. Wieder einmal saßen die beiden Kommissare gedankenversunken nebeneinander. Wieder einmal hatten sie mehr Fragen als Antworten. Vielleicht würde sie die Witwe einen Schritt weiterbringen.

Maria Baumann hatte Besuch, einen Kollegen ihres Mannes, der gekommen war, um ihr beizustehen. Dr. Georg Faltermaier begrüßte die Kommissare an der Tür. »Ich habe ihr etwas zur Beruhigung gegeben«, sagte er. »Sie steht natürlich unter Schock, sie war kaum eine Stunde von ihrer Reise zurück, als die Polizei anrief und ihr mitteilte, ihr Mann sei tot aufgefunden worden. Wissen Sie schon etwas Genaues?«

»Nein«, sagte Moosfeld.

In eine blaue Decke gehüllt, saß Maria Baumann auf der Couch, trank Wasser und nickte den Kommissaren flüchtig zu.

»Unser Beileid«, sagte Moosfeld. »Dürfen wir Ihnen ein paar Fragen stellen?«

Sie nickte wieder. Moosfeld setzte sich auf einen Stuhl am Tisch, legte das Aufnahmegerät hin und schaltete es ein. »Sie waren in Venedig.«

»Mein Vater ist schwer krank, meine Mutter ist alt, ich besuche sie regelmäßig.« Maria sprach mit leiser, abwesender Stimme.

»Sie sind gebürtige Italienerin?« Während Moosfeld Fragen stellte, beobachtete Gronsdorf die Gesichter und Reaktionen der Witwe und des Arztes. Er war geübt in solchen Dingen, die niemand bemerkte, er stand da, die Hände in den Hosentaschen, und wirkte fast wie ein unbeteiligter Zuhörer.

Maria trank einen Schluck Wasser. »Ich leb schon fast zwanzig Jahre in München. Mein Mann hat in Parma studiert. Als er mal in Venedig war, haben wir uns zufällig kennengelernt. Dr. Faltermaier hat übrigens auch in Parma studiert, zwei alte Freunde.«

»Das ist wahr«, sagte Faltermaier, der, so fand Kommissar Gronsdorf, einen etwas unruhigen, nervösen Eindruck vermittelte. »Er spezialisierte sich dann, ich wurde Allgemeinmediziner, das bin ich immer noch. Möchten Sie was trinken, die Herren?«

»Nein«, sagte Moosfeld. »Wann haben Sie Ihren Kollegen zum letzten Mal gesehen?«

»Ich?« Dr. Faltermaier wirkte seltsam überrascht. »Zum letzten Mal? Das war … letzte Woche. Wann bist du nach Venedig gefahren, Maria?«

»Heut vor einer Woche.«

»Natürlich! Wir haben uns dann am Abend kurz getroffen, Jakob und ich, im Franziskaner, auf ein Weißbier und eine Brotzeit, das machen wir gelegentlich.«

»Danach haben Sie ihn nicht mehr gesehen?«, fragte Moosfeld.

»Nein. Nein.«

»Und Sie, Frau Baumann? Wann haben Sie Ihren Mann zum letzten Mal gesehen?«

Mit einer unwirschen Bewegung stellte Maria Baumann das Wasserglas auf dem niedrigen Glastisch neben der Couch ab. »Am letzten Sonntag, vor meiner Abreise, wann denn sonst?«

»Haben Sie eine Vorstellung, wer Ihren Mann getötet haben könnte?«

»Nein.« Sie schlang die Decke fester um sich und zog die Schultern hoch.

Mit der Ankündigung, sie würden am Montag die Befragung fortsetzen, verließen die Kommissare das Wohnzimmer, begleitet von Dr. Faltermaier. Er ging mit ihnen ins Treppenhaus und lehnte die Wohnungstür an. »Unter uns«, sagte er und senkte die Stimme, sodass er kaum noch zu verstehen war. »Es gab da wohl eine Frau, eine junge Frau … Jakob traf sich mit ihr, er erzählte mir nicht viel, vermutlich ist das eine alte Geschichte, längst vorbei, eine Italienerin auch …«

»Wie heißt sie?«, fragte Moosfeld mit normaler Stimme.

»Nicht so laut, bitte. Ich weiß nichts, ich wollte nur … Maria darf davon nichts erfahren. Soweit ich weiß, hat die junge Frau einen Ehemann, soll sehr eifersüchtig sein, das kann man sich vorstellen …«

»Danke«, sagte Gronsdorf.

Im Mantel des Toten hatten sie dessen iPhone sichergestellt. Als sie jetzt in der Clemensstraße, wo das Ehepaar Baumann in einer Vierzimmer-Altbauwohnung lebte, aus dem Haus kamen, kontrollierte Gronsdorf die Nummernlisten im Speicher.

»Da ist eine Nicoletta«, sagte er.

»Ruf an.«

Gronsdorf tippte die Nummer. »Nicoletta? Kriminalpolizei. Ihr Geliebter ist heute ermordet worden.«

»O Gott, o lieber Gott!« Die junge Frau am anderen Ende fing so heftig zu weinen an wie Antonio Frey im Gefängnis.

8

Die Ermittlungen teilten Max Gronsdorf und Hanno Moosfeld untereinander auf. Sie hatten keine Stunde geschlafen, sehr viel Tee und Kaffee getrunken und diverses Gebäck verzehrt, das ihnen etwas im Magen lag. In einem Reisebüro, in dessen Nebenraum eine Schneiderei untergebracht war, sprach Gronsdorf mit der Frau des Besitzers, Nicoletta Pavese. Sie war einunddreißig und gelernte Schneiderin, ihr Mann Roberto, ein 49-jähriger Betriebskaufmann, verkaufte Reisen speziell nach Italien, Griechenland und in die Türkei.

Gronsdorf hatte die Tür zum Reisebüro geschlossen und sich dagegen gelehnt, eine Angewohnheit von ihm. Er lehnte gern an Türen.

»Ich weiß nichts«, sagte Nicoletta, die vor Angst kaum sprechen konnte. »Er hat mich am Samstag angerufen, in der Früh, wollt mich sehen, unbedingt, aber ich hatte ein Konzert am Mittag. Ich spiel in einem Quartett, Klavier, mein Bruder Silvio ist auch dabei, am Cello. Wir hatten einen Auftritt im Seehaus im Englischen Garten. Geschlossene Gesellschaft, Sie verstehen, ein Geburtstag.«

»Ich verstehe«, sagte Gronsdorf. Nebenan waren Stimmen zu hören, zwei Männer unterhielten sich. »Wissen Ihr Bruder und Ihr Mann von der Affäre?«

»Lieber Gott!« Nicoletta sprang auf. Der Stuhl, auf dem sie gesessen hatte, kippte um. »Bestimmt nicht, niemals. Die hätten doch … die würden doch … Die bringen mich um.«

»Oder Ihren Liebhaber«, sagte Gronsdorf.

Die junge Frau öffnete vor Schreck den Mund, starrte zur Tür, brachte kein Wort hervor. Gronsdorf ging zwei Schritte auf sie zu. »Wo waren Ihr Mann und Ihr Bruder gestern Abend?«

Nach einem langen Schweigen sagte sie: »Weiß nicht. Nicht da. Freunde besuchen, haben sie gesagt.«

Ohne weitere Erklärungen öffnete Gronsdorf die Tür zum Reisebüro und sagte zu den beiden Männern, die überrascht die Köpfe hoben: »Ich bitte Sie, heut Nachmittag ins Präsidium zu einer Befragung zu kommen.«

»Wieso denn?«, sagte Silvio hart.

»Mordermittlung. Ich bitte Sie, freiwillig zu kommen, sonst muss ich Sie vorladen und mit einem Streifenwagen abholen lassen.«

Wütende Blicke begleiteten den Kommissar, als er das Büro verließ. Hinter ihm fiel die Tür ins Schloss. Vom nahen Parkplatz rief Gronsdorf seinen Kollegen an.

»Ich bin noch in der Praxis«, sagte Moosfeld, »ich melde mich gleich.«

Seit fast einer Stunde stand er am Empfangstresen der Praxis von Dr. Jakob Baumann und befragte die Sprechstundenhelferin Ramona, die ständig von Anrufern abgelenkt wurde. Den für heute bestellten Patienten hatte sie inzwischen telefonisch abgesagt und jene, die bereits gekommen waren, nach Hause geschickt.

»Sie wissen also von der Affäre Ihres Chefs.« Moosfeld wartete, bis Ramona das nächste Telefonat beendet hatte.

»Ich horch nicht hin, wenn er privat telefoniert«, sagte sie. Der Gedanke, dass ihr Chef nie wieder die Praxis betreten würde, brachte sie alle fünf Minuten völlig durcheinander. »Er ist … er war … Ich kann gar nichts sagen. Zum Glück kann seine Frau so gut deutsch, dass … Glück! Das ist doch alles kein Glück … Was red ich denn …«

»Was wollten Sie sagen, Ramona?« Mit großer Anstrengung bändigte Moosfeld seine Ungeduld.

»Ich wollt … Andere Italiener, die hier leben und nicht so gut deutsch sprechen, denen hilft immer die Anna, wenn sie Probleme haben oder jemand stirbt und die Leiche muss überführt werden und … Aber die Frau Dr. Baumann kann sich ja selber helfen …«

Moosfeld beugte sich über den Tresen. »Welche Anna?«

»Die Anna. Alle sagen Anna.«

Moosfeld griff in die Innentasche seiner Jacke und holte ein Foto hervor. »Diese Anna? Anna Walther?«

»Das ist ja ein fürchterliches Foto. Ist sie tot?«

»Ja.«

»Das ist die Anna, ja«, sagte Ramona und drehte das Foto um.

»Ich muss telefonieren.« Moosfeld tippte eine Nummer in sein Handy. »Max? Wir haben eine Verbindung zwischen den beiden Mordfällen.«

9

Die Bibliothekarin Anna Walther hatte italienisch-stämmigen Münchnern mit schwachen Deutschkenntnissen beim Ausfüllen von Formularen geholfen und sie in bürokratischen Angelegenheiten beraten, wenn es darum ging, einen verstorbenen Verwandten in die Heimat zu überführen. Daran war für die Kommissare nichts Ungewöhnliches. Dass allerdings sowohl der ermordete Dr. Baumann als auch Antonio Frey Anna Walther gekannt hatten, versetzte die Kommissare und ihre Vorgesetzten in Unruhe.

»Was lernen wir daraus?«, fragte Kriminaloberrätin Riemerling immer wieder. »Frey kann Dr. Baumann nicht erdrosselt haben, zu diesem Zeitpunkt saß er in Untersuchungshaft. Und woher konnte Anna Walther überhaupt so gut italienisch?«

»Sie hat es sich selbst beigebracht und fuhr jeden Sommer entweder in die Toskana oder nach Rom«, sagte Kommissar Gronsdorf. »Das wissen wir von ihrer Mutter, die in einem Seniorenheim in Pasing lebt. Die alte Dame meint, ihre Tochter habe sich oft mehr um ihre italienischen Bekannten als um sie gekümmert.«

»Übrigens haben auch andere Nationalitäten in München Vertrauensleute«, ergänzte Moosfeld. »Serben, Kroaten, Griechen. Wir haben uns in der Ausländerbehörde erkundigt. Solche Ombudsmänner oder Ombudsfrauen dolmetschen bei Bedarf, erledigen den Papierkram, stehen tröstend zur Seite. Anna Walther hatte sich einen exzellenten Ruf erworben.«

»Deswegen«, sagte Gronsdorf, »stehen in ihrem Notizbuch die Telefonnummern von Bestattungsunternehmen, Friedhofsverwaltungen und wichtigen Behörden.«

Seufzend stand die Kriminaloberrätin von ihrem Schreibtisch auf und ging in ihrem Büro auf und ab. Die Kommissare saßen am Konferenztisch und drehten die Köpfe zu ihr. »Das bedeutet«, sagte sie, »die beiden Fälle überschneiden sich möglicherweise nur und haben nicht direkt etwas miteinander zu tun, was die Täter betrifft.«

»Könnte sein«, sagte Gronsdorf.

»Roberto Pavese und sein Schwager Silvio warten unten im Vernehmungsraum«, sagte Moosfeld. »Falls sie von der Affäre zwischen Nicoletta und dem Arzt etwas gewusst haben, traue ich ihnen alles zu.«

»Hat die Untersuchung der grünen Kordel, mit der der Mann erdrosselt wurde, eine Spur ergeben?« Unaufhörlich ging Clara Riemerling auf und ab.

»Bisher keine verwertbaren DNA-Spuren«, sagte Gronsdorf.

Moosfeld erhob sich. »Wir haben drei Kollegen losgeschickt, die sich unter den älteren Italienern in der Stadt umhören sollen. Vielleicht war Antonio Frey früher ebenfalls so was wie ein Ombudsmann, ähnlich wie Anna Walther heute, und wir finden auf die Weise etwas über sein abseitiges Verhalten heraus, über seine Vendettagedanken.«

»Sehr gute Idee«, sagte die Kriminaloberrätin.

Als die Kommissare kurz darauf die Treppe in den ersten Stock hinuntergingen, sagte Moosfeld:

»Ist ewig her, dass die Chefin uns gelobt hat.«

»Ich dachte, ich hätte mich verhört.« Gronsdorf öffnete die Tür zum Vernehmungsraum. Nicolettas Ehemann und sein Schwager standen mit grimmiger Miene am Fenster.

10

»Nehmen Sie Platz.« Moosfeld legte das Aufnahmegerät auf den Tisch, schaltete es ein, setzte sich. »Das ist ein informatives Vorgespräch, keine Vernehmung, wir wollen erst mal hören, was Sie zu sagen haben, ganz allgemein.«

»Ganz allgemein?« Silvio verzog den Mund, kam zum Tisch und stützte die Arme darauf. »Ganz allgemein schaut's so aus, dass wir am Samstag in der *Trattoria San Luca* waren. Roberto, ich und fünf Freunde. Capito?«

»Die fünf Freunde also«, sagte Moosfeld.

»Unverschämtheit, uns hier antanzen zu lassen.«

Moosfeld lehnte sich zurück. »Sie hätten nicht zu tanzen brauchen, Sie hätten ganz normal zu uns kommen können.«

Gronsdorf, der stehengeblieben war, nickte. »*Trattoria San Luca*«, sagte er. »Haben Sie da musiziert?«

»Was?«, blaffte Silvio.

»Sie spielen doch Cello.«

»Ich nicht«, sagte Roberto Pavese, der immer noch am Fenster stand.

»Warum, glauben Sie, sind Sie hier?«, fragte Moosfeld.

Die beiden Italiener warfen sich einen Blick zu. Offensichtlich hatten sie sich vorher eine Strategie zurechtgelegt.

»Verkürzen wir die Sache«, sagte Silvio.

»Si«, sagte Moosfeld – wahrscheinlich das einzige italienische Wort außer Vendetta, das er kannte.

»Grazie.« Silvio verzog wieder den Mund. »Nicoletta hat einen Fehler gemacht. Roberto ist manchmal, wie wir in Sendling sagen, ein Lahmarsch, kümmert sich zu wenig um seine junge Frau, meine Schwester. Lahmarsch. Er wird sich bessern. Ich rief Dr. Baumann an, sagte ihm, die Sache ist erledigt, er soll verschwinden. Er redet rum, ich sage, wenn er nicht verschwindet, gehe ich zu seiner Frau, und die sorgt dann dafür, dass er Vernunft annimmt. Dr. Baumann glaubt mir nicht, ich sage, ist mir egal. Gestern gegen fünf Uhr taucht er im *San Luca* auf, sagt, seine Frau kommt aus Venedig zurück, und er möchte nicht, dass sie was erfährt über die Sache, den Fehltritt. Capito?«

»Si«, sagte Moosfeld wieder.

»Grazie. Ich sage zu ihm, kein Problem, du verschwindest aus dem Leben meiner Schwester, niemand braucht Angst zu haben. Er glaubt mir nicht, Roberto redet mit ihm, von Ehemann zu Ehemann, spendiert Grappa, noch mehr Grappa. Dr. Baumann beruhigt sich, die Sache ist geregelt, er fährt nach Hause.«

Grinsend sah Silvio erst Moosfeld, dann Gronsdorf an. »Wir haben seiner Frau Maria eine SMS geschickt, zur Sicherheit. Damit Ruhe ist für Nicoletta und Roberto.«

»Woher hatten Sie die Nummer?«, fragte Gronsdorf.

»Ich glaube …« Silvio machte eine Pause, drehte sich zu Roberto um, grinste. »… die Nummer war im Handy von Dr. Baumann, lag auf dem Tisch, der Doktor musste mal austreten, sehr viel Grappa, Sie verstehen …«

»Sie haben Maria Baumann mitgeteilt, dass ihr Mann ein Verhältnis mit Ihrer Schwester hat«, sagte Moosfeld.

Silvio richtete sich auf. »No. Ich hab ihr geschrieben, es ist vorbei, finito, Friede kehrt ein in die Familien.«

11

»Was denken Sie denn?« Maria Baumann wischte mit der rechten Hand durch die Luft, als verscheuche sie Fliegen. »Glauben Sie, ich erwürg meinen Mann? Mit meinen bloßen Händen?«

»Nein«, sagte Hauptkommissar Moosfeld.

Durch das weit geöffnete Wohnzimmerfenster kam kühle Luft herein und vertrieb den Geruch nach Alkohol und Zigaretten. In der vergangenen halben Stunde hatte Maria hastig drei Zigaretten geraucht und die Kippen mit quietschenden Geräuschen im Aschenbecher ausgedrückt.

»Sie haben Ihren Mann nicht erwürgt.« Moosfeld stand neben ihr am Fenster. »Und das wissen Sie auch.«

»Ich weiß gar nichts.«

»Wir werden Ihr Handy sicherstellen«, sagte Gronsdorf, der wieder einmal an einer geschlossenen Tür lehnte. »Wir werden eine SMS finden, mit der Ihnen jemand mitteilt, das Verhältnis Ihres Mannes mit der fünfzehn Jahre jüngeren Nicoletta sei nun beendet und Sie ...«

»So eine Niedertracht!«

»Bitte?«

»Niedertracht!« Maria Baumann drehte sich zum Fenster und schrie auf die Straße hinunter: »Und ihr habt alles gewusst!«

»Im iPhone Ihres Mannes fanden wir die Nummer Ihrer Familie in Venedig«, sagte Moosfeld. »Über eine Dolmetscherin haben wir mit Ihrer Mutter telefoniert, sie sagte uns, Sie hätten geschworen, Ihren Mann nach Ihrer Rückkehr zur Rede zu stellen. Sie wussten längst Bescheid über die Affäre. Sie haben also Ihren Mann zur Rede gestellt, es kam zum Streit und Sie haben ihn getötet.«

»Nein.«

Moosfeld wartete, bis sie weiterredete.

»Ich hab ihn nicht zur Rede gestellt, wie lächerlich wäre das denn gewesen? Ich hatte ein langes Gespräch mit meinem Vater, er ist sehr krank, er wird sterben, aber er weiß immer noch, was zu tun ist. Er ist ein bedeutender Mann. Untreue muss gerächt werden, Untreue darf nicht ungesühnt bleiben, genauso wenig wie Verrat. Mein Vater hat recht, und ich enttäusche ihn nicht. Mein Mann kam nach Hause, stank nach Schnaps, Grappa. Er fing an zu reden, holte ein Bier aus dem Kühlschrank, zur Erfrischung, wie er sagte, fragte scheinheilig, wie es meinem Vater geht, ich sagte, es geht ihm gut. Da schaute er mich vollkommen blöde an, und ich nahm die grüne Kordel, schlang sie ihm um den Hals und zog zu. So schwer war das nicht, er wehrte sich kaum. Ich schleppte ihn in den Aufzug, runter in die Tiefgarage, verfrachtete ihn ins Auto, fuhr zur Raststätte, legte ihn ab, Plane drüber, fuhr wieder nach Hause. Eine Stunde später klingelte das Telefon, die Polizei. So war das.«

Sie schloss das Fenster, legte die Hände flach an die Scheiben, berührte mit der Stirn das Glas. Dann gab sie sich einen Ruck und wandte sich um. »Und nun haben Sie Feierabend, schätze ich.«

»Noch lange nicht«, sagte Kommissar Moosfeld.

Die drei Kollegen, die Hauptkommissar Moosfeld beauftragt hatte, in der Vergangenheit von

Antonio Frey zu graben, brachten schon in der Nacht zum Dienstag erste Ergebnisse ins Präsidium.

Zwei alte Männer im Westend, so erfuhren die Kommissare, kannten Frey noch als Jugendlichen. Toni wohnte damals mit seinem Onkel in der Kazmairstraße und erledigte alle möglichen Botendienste. Als Südtiroler sprach er ebenso gut deutsch wie italienisch und galt bei seinen Landsleuten als zuverlässig und verschwiegen. In bürokratischen Dingen sei er, so die befragten Zeugen, »ein echtes Ass« gewesen, vor allem, wenn es um die Regelung von Todesfällen ging.

Für Moosfeld und Gronsdorf stand fest, dass sie sich alte Akten über seltsame Todesfälle von italienischen Mitbürgen besorgen mussten. Also machten sie sich auf den Weg ins Archiv im Keller, wo die Regale überquollen von Ermittlungsprotokollen aus einer Zeit, in der die Kripo noch weitgehend ohne Computer auskommen musste.

Vier Stunden lang durchforsteten die Fahnder Berge von Unterlagen, bliesen den Staub von Aktendeckeln, verglichen Zeitangaben und Namensregister, suchten nach Hinweisen, die auf Personen aus Südtirol schließen ließen. Und dann, gegen fünf Uhr morgens, entdeckten sie etwas: das Protokoll eines bis heute ungeklärten Mordfalles. 1967 war ein Gastwirt aus Schwabing ums Leben gekommen. Unbekannte hatten auf dessen Restaurant in der Tengstraße einen Brandanschlag verübt. Hinweise auf Täter aus den Reihen der süditalienischen Mafia führten zu keinen Festnahmen, der Leichnam des Wirtes wurde nach Neapel überführt und dort bestattet. Auf einem vergilbten Blatt entzifferte Gronsdorf einen Namen, den er kannte.

»Das ist Ihr Name«, sagte er am nächsten Vormittag zu Antonio Frey in Stadelheim. Gronsdorf saß ihm am Tisch gegenüber, Moosfeld stand an der Wand und beobachtete den Mann, der Anna Walther mit einer aus Italien stammenden Beretta erschossen hatte. Frey stützte das Kinn auf die Fäuste und starrte vor sich hin. Er sah nicht weniger müde aus als die Kommissare. »Was ist mein Name?«, sagte er mit schleppender Stimme.

Gronsdorf sagte, schon zum zweiten Mal: »Sehen Sie sich die Akte an, Herr Frey.«

»Was ist damals passiert?« Moosfelds Stimme klang laut und bedrohlich. Frey zuckte zusammen, nahm die Arme vom Tisch, setzte sich aufrecht hin. Er bemühte sich, seine Augen geöffnet zu halten, was ihm schwerfiel.

»Leonardo.« Frey faltete die Hände im Schoß. »Er war arm, mein Onkel, wie alle in der Familie, arbeitete im Großmarkt, zwölf, vierzehn Stunden am Tag. Ich war bei einem Schuhmacher, fünf Mark am Tag. Ich wollt nicht verhungern, wollt leben und nicht wieder zurück ins Dorf, wo ich ein Knecht war. Verstehen Sie das nicht?«

»Weiter«, sagte Gronsdorf. »Wir hören Ihnen zu.«

»Sie fragten mich, ob ich einen Auftrag übernehmen könnte, diese Leute, die mein Onkel kannte. Ich sagte ja, sie sagten, ich muss die Papiere eines toten Mannes in Ordnung bringen, damit er in Neapel seine letzte Ruhe findet. Ich sagte ja. Sie gaben mir fünfhundert Mark. Aber der Mann war noch nicht tot. Ich musste ihn erst töten, dann seine Papiere in Ordnung bringen, das war der Deal. Die Leute sagten, niemand erfährt etwas und ich krieg fünfhundert Mark. So viel Geld. Und ich sagte ja. Sperrte den Mann ein, zündete seine Pizzeria an, die Polizei fand keine

Spur. Ich erledigte alles gut. Perfetto. Aber ich wusste, sie würden kommen, sie kommen immer, die Familie des toten Mannes, eines Tages, irgendwann. Immer kommen sie und rächen sich. Vendetta.«

Frey schwitzte, er keuchte, wischte sich mit dem Ärmel seines Blaumanns den Schweiß aus dem Gesicht. »Angst«, flüsterte er. »Immer Angst, jeden Tag.«

»Und nun glaubten Sie, Anna Walther sei gekommen, um den Gastwirt zu rächen, mehr als vierzig Jahre später«, sagte Gronsdorf.

»Ja.« Aufgeregt rückte Frey auf seinem Stuhl hin und her. »Zuerst seh ich sie im Gasteig-Café. Sie flirtet mit mir. Wir gehen essen in der Pizzeria am Weißenburger Platz. Wir verlieben uns. Sie spielt mir Schubert vor, den wundervollen Schubert und seine Lieder. Ich hab mir alle Platten und CDs gekauft, Schubert ist so groß in der Nacht, wenn man allein ist. *Eifersucht und Stolz*, kennen Sie das Lied? Oder: *Die böse Farbe*. Oder: *Des Baches Wiegenlied*. Aber Anna, sie fragt mich aus, immer fragt sie mich aus, wie es früher war, was ich getan habe, immer wieder. Da wusste ich, sie ist gekommen, um zu rächen. Nach all der Zeit. Aber, aber …«

»Aber?«, sagte Moosfeld und kam näher zum Tisch.

»Aber ich wusste nicht, dass sie am Samstag kommt, ich habe geschossen, weil Leute geklingelt haben, immer wieder.«

»Das waren nur Zeitungsboten«, sagte Moosfeld. »Leute, die Werbung in die Briefkästen stecken wollten.«

»Vendetta«, flüsterte Frey. »Kommen, Rache zu nehmen.«

»Sie haben Anna Walther erschossen«, sagte Gronsdorf. »Und Sie haben das Leben unzähliger Menschen aufs Spiel gesetzt. Sie werden wegen Mordes und mehrfachen Mordversuchs angeklagt werden.«

Antonio Frey flüsterte nur: »Vendetta … Vendetta …«

Die Frage, warum Anna Walther gerade am Vormittag des 22. Oktober auf dem Weg zum Weißenburger Platz war, beantwortete ihre Mutter den Kommissaren: »Meine Tochter hatte den Auftrag, Herrn Frey mitzuteilen, dass sein Vater in Franzensfeste gestorben ist. Die Familie will nichts mehr mit Antonio zu tun haben, deswegen schickten sie Anna los, deren Namen sie von Italienern aus München kannten.«

Der Hunger auf Leberkässemmeln vom Metzger Prielmeyer ist Hauptkommissar Max Gronsdorf seither gründlich vergangen.

Eine Frau liegt tot im stillgelegten Nürnberger Volksbad. Ein Unfall? Exkommissar Konrad Keller glaubt nicht daran und kommt dem turbulenten Liebesleben der Toten auf die Spur. Ist der Mörder unter ihren Liebhabern zu finden? Bei den Ermittlungen setzt Keller sich und seine Familie allergrößter Gefahr aus …

Jan Beinßen
Die Tote im Volksbad
Kriminalerzählung
ISBN 978-3-86913-277-8

ars vivendi

Eines Tages verschwindet Augustin Stiller während der Arbeit spurlos. Auch fast zwei Jahre danach fehlt jedes Lebenszeichen von ihm. Wurde Stiller ermordet? Beging er Suizid? Für nichts scheint ein Motiv zu existieren. Jörg Steinleitner begibt sich auf die letzten Spuren des Verschollenen. Führt seine literarische Recherche zu einer Lösung dieses wahren Falls?

Jörg Steinleitner
Der Fall Augustin Stiller
Kriminalerzählung
ISBN 978-3-86913-294-5

ars vivendi

Seit sie denken kann, wird Kriminalkommissarin Tessa Schwarz von grausigen Visionen verfolgt. Bei einer Zeugenbefragung lernt sie Merle kennen, die häuslich misshandelt wird, sich aber weigert, das »Monster« anzuzeigen. Als Merles Fall eskaliert, gerät Tessa selbst völlig aus dem Gleichgewicht und muss sich ihrem ganz persönlichen Monster stellen …

Lucie Flebbe
Das Monster
Kriminalerzählung
ISBN 978-3-86913-293-8

ars vivendi